经典悦读

太阳吟

闻一多 著

浙江人民美术出版社
全国百佳图书出版单位

前　言

闻一多（1899—1946），原名闻家骅，字友三，出生于湖北黄冈。中国现代伟大的爱国主义者、诗人、学者。

闻一多出身于书香门第，自幼爱好古典诗词和美术。1912年，13岁的闻一多考入北京清华留美预备学校（清华大学前身），在清华期间，他担任校内杂志的编辑、成立文学社，并开始创作诗歌，1920年7月发表了第一首新诗《西岸》。1922年7月，他赴美国留学，先后在芝加哥美术学院、科罗拉多大学和纽约艺术学院学习。在专攻美术之外，闻一多对文学，尤其是诗歌，产生了浓厚的兴趣。1925年5月回国任教，从事《晨报》副刊《诗镌》的编辑工作，开始致力于中国古典文学的研究。1937年抗日战争全面爆发，闻一多随校迁往昆明，任西南联合大学教授，并积极投身到抗日救亡和争民主、反独裁的斗争中。

1946年闻一多在昆明遇刺身亡，年仅47岁，但他在诗歌、戏剧、绘画、文学评论和古典文学研究上，都有很深的造诣。他的诗集《红烛》《死水》是现代诗坛的经典之作，对中国新诗的探索与发展做出了重要贡献，影响了陈梦家、方玮德、臧克家等一批诗人。

在他的作品中，闻一多显露出不凡的诗才，对生活的敏锐，清新独到的构思，丰富的意象，以及娴熟的语言能力。他主张诗歌创作的"三美"原则，即音乐美、绘画美、建筑美。音乐美要求作诗有格式、有音尺、有平仄、有韵脚；绘画美指诗歌需用丰富的语言去表现生动形象的画面；建筑美则认为诗歌在表现上要有节的匀称、句的均齐。在诗的技巧上，他向济慈、勃朗宁、哈代、豪斯曼等外国诗人学习经验，丰富了中国新诗的创作。

本诗集选编了闻一多各时期诗歌创作中有代表性的作品。这些诗作有个人情感的抒发，有爱国之心的流露，有对人民生活的同情。品读闻一多的诗歌就像品尝成熟的果实，它们口感扎实，味道醇厚，有着诗歌最本质的滋味。

目 录 CONTENTS

经典悦读 · 且听风吟

生命在树皮里膨胀着

心鸟停了他的春歌

烛又点燃了

四万万不灭的明星

泪水在眼边等着

生命在树皮里膨胀着

雪　片

一个雪片离开了青天底时候，

他飘来飘去地讲"再见！

再见，亲爱的云，你这样冷淡！"

然后轻轻地向前迈往。

一个雪片寻着了一株树底时候，

"你好！"他说——"你可平安！

你这样的赤裸与孤单，亲爱的，

我要休息，并且叫我的同伴都来。"

但是一个雪片，勇敢而且和蔼，

歇在一个佳人底蔷薇颊上底时候，

他吃了一惊，"好温柔的天气呀！

这是夏季？"——他就融化了。

朝　日

夜已将他的黑幕卷起了，

世界还被酣梦羁绊着咧；

勤苦的太阳像一家底主人翁，

先起来了，披着他的绣裳，

偷偷地走到各个窗子前来，

喊他的睡觉的骄儿起来做工。

啊！这样寂静灵幻的睡容，

他哪里敢惊动呢？

他不敢惊动，只望着他笑，

但他的笑散出热炙的光芒，

注射到他睡觉的脸上，

却惊动了他的灵魂，摆脱了他的酣梦，——

睡觉的起来了！

5月12日

所　见

小河从槎丫的乱石缝里溜出来，

声音虽不大，却还带点瀑布底意味。

在他身上横卧着，是一株老柳，

从他的干上直竖地射出无数的小枝；

他仍想找点阳光，却被头上的密荫拦住了，

所以那一丛绿叶，都变了死白的颜色。

野藤在这一架天然的木桥下，

挂起了一束鬔松的鬓丝，

被瀑布底呼吸吹得悠悠摇动。

谁家洗衣的女儿，穿着绯红的衫子，

蹲在绿荫深处，打得砰訇砰訇的响？

柳暗花明又一村。

——陆　游

青　春

青春像只唱着歌的鸟儿，

已从残冬窟里闯出来，

驶入宝蓝的穹窿里去了。

神秘的生命，

在绿嫩的树皮里膨胀着，

快要送出带着鞘子的

翡翠的芽儿来了。

诗人呵！揩干你的冰泪，

快预备着你的歌儿，

也赞美你的苏生吧！

宇　宙

宇宙是个监狱，

但是个模范监狱；

他的目的在革新，

并不在惩旧。

快　乐

快乐好比生机：

生机底消息传到绮甸[1]，

群花便立刻

披起五光十色的绣裳。

快乐跟我的

灵魂接了吻，我的世界

忽变成天堂，

住满了柔艳的安琪儿！

---

[1]绮甸，现通译为伊甸。伊甸园是《圣经》中人类祖先亚当、夏娃生活的乐园。

回　顾

九年底清华底生活，

回头一看——

是秋夜里一片沙漠，

却露着一颗萤火，

越望越光明，

四围是迷茫莫测的凄凉黑暗。

这是红惨绿娇的暮春时节：

如今到了荷池——

寂静底重量正压着池水

连面皮也皱不动——

一片死静！

忽地里静灵退了，

镜子碎了，

个个都喘气了。

看！太阳底笑焰——一道金光，

滤过树缝，洒在我额上；

如今羲和替我加冕了，

我是全宇宙底王！

国　手

爱人啊！你是个国手；

我们来下一盘棋；

我的目的不是要赢你，

但只求输给你——

将我的灵和肉

输得干干净净！

春　寒

春啊！

正似美人一般，

无妨瘦一点儿！

春之首章

浴人灵魂的雨过了：

薄泥到处啮人底鞋底。

凉飓挟着湿润的土气

在鼻蕊间正冲突着。

金鱼儿今天许不大怕冷了？

个个都敢于浮上来呢！

东风苦劝执拗的蒲根，

将才睡醒的芽儿放了出来。

春雨过了，芽儿刚抽到寸长，

又被池水偷着吞去了。

亭子角上几根瘦硬的

还没有赶上春的榆枝，

印在鱼鳞似的天上；

像一页淡蓝的朵云笺，

上面涂了些僧怀素底

铁画银钩的草书。

丁香枝上豆大的蓓蕾，

包满了包不住的生意，

呆呆地望着寥阔的天宇，

盘算它明日底荣华——

仿佛一个出神的诗人

在空中编织未成的诗句。

春啊！明显的秘密哟！

神圣的魔术哟！

啊！我忘了我自己，春啊！

我要提起我全身底力气，

在你那绝妙的文章上

加进这丑笨的一句哟！

春之末章

被风惹恼了的粉蝶，

试了好几处底枝头，

总抱不大稳，率性就舍开，

忽地不知飞向哪里去了。

啊！大哲底梦身啊！

了无粘滞的达观者哟！

太轻狂了哦！杨花！

依然吩咐雨丝粘住吧。

娇绿的坦张的荷钱啊！

不息地仰面朝上帝望着，

一心地默祷并且赞着他——

只要这样，总是这样，

开花结实底日子便快了。

一气的醋绿里忽露出

一角汉纹式的小红桥，

真红得快叫出来了！

小孩儿们也太好玩了啊！

镇日里蓝的白的衫子

骑满竹青石栏上垂钓。

他们的笑声有时竟脆得像

坍碎了一座琉璃宝塔一般。

小孩们总是这样好玩呢！

绿纱窗里筛出的琴声，

又是画家脑子里经营着的

一帧美人春睡图：

细熨的柔情，娇羞的倦致，

这般如此，忽即忽离，

啊！迷魂的律吕啊！

音乐家啊！垂钓的小孩啊！

我读完这春之宝笈底末章，

就交给你们永远管领着吧！

钟　声

钟声报得这样急——

时间之海底记水标哦！

是记涨呢，还是记落呢！——

是报过去底添长呢？

还是报未来的消缩呢？

爱之神

——题画

啊！这么俊的一副眼睛——

两潭渊默的清波！

可怜孱弱的游泳者哟！

我告诉你回头就是岸了！

啊！那潭岸上的一带榛薮，

好分明的黛眉啊！

那鼻子，金字塔式的小丘，

恐怕就是情人底茔墓吧？

那里，不是两扇朱扉吗？

红得像樱桃一样，

扉内还露着编贝底屏风。

这里又不知安了什么陷阱！

啊！莫非是绮甸之乐园？

还是美底家宅，爱底祭坛？

呸！不是，都不是哦！

是死魔盘据着的一座迷宫！

黄　鸟

哦！森林底养子，

太空的血胤

不知名的野鸟儿啊！

黑缎底头帕，

蜜黄的羽衣

镶着赤铜底喙爪——

啊！一只鲜明的火镞，

那样癫狂地射放，

射翻了肃静的天宇哦！

像一块雕镂的水晶，

艺术纵未完成，

却永映着上天底光彩——

这样便是他吐出的

那阕雅健的音乐呀！

啊！希腊式的雅健！

野心的鸟儿啊！

我知道你喉咙里的

太丰富的歌儿

快要噎死你了：

但是从容些吐着！

吐出那水晶的谐音，

造成艺术之宫，

让一个失路的灵魂

早安了家吧！

忏 悔

啊！浪漫的生活啊！

是写在水面上的个"爱"字，

一壁写着，一壁没了；

白搅动些痛苦底波轮。

艺术底忠臣

无数的人臣，仿佛真珠

攒在艺术之王底龙衮上，

一心同赞御容底光采；

其中只有济慈一个人

是群龙拱抱的一颗火珠，

光芒赛过一切的珠子。

诗人底诗人啊！

满朝底冠盖只算得

些艺术底名臣，

只有你一人是个忠臣。

"美即是真，真即美。"

我知道你那栋梁之材，

是单给这个真命天子用的；

别的分疆割据，属国偏安，

哪里配得起你哟！

啊！"鞠躬尽瘁，死而后已"：

真个做了艺术底殉身者！

忠烈的亡魂啊！

你的名字没写在水上，

但铸在圣朝底宝鼎上了！

红荷之魂

盆莲饮雨初放，折了几枝，供在案头，又听侄辈读周茂叔底《爱莲说》，便不由得不联想及三千里外《荷花池畔》底诗人。赋此寄呈实秋，兼上景超及其他在西山的诸友。

太华玉井底神裔啊！

不必在污泥里久恋了。

这玉胆瓶里的寒浆有些冽骨吗？

那原是没有堕世的山泉哪！

高贤底文章啊！雏凤底律吕啊！

往古来今竟携了手来谀媚着你。

来吧！听听这蜜甜的赞美诗吧！

抱霞摇玉的仙花呀！

看着你的躯体，

我怎不想到你的灵魂？

灵魂啊！到底又是谁呢？

是千叶宝座上的如来，

还是丈余红瓣中的太乙呢？

是五老峰前的诗人，

还是洞庭湖畔的骚客呢？

红荷底魂啊！

爱美的诗人啊！

便稍许艳一点儿，

还不失为"君子"。

看那颗颗坦张的荷钱啊！

可敬的——向上底虔诚，

可爱的——圆满底个性。

花魂啊！佑他们充分地发育吧！

花魂啊，

须提防着，

不要让菱芡藻荇底势力

蚕食了泽国底版图。

花魂啊！

要将崎岖的动底烟波，

织成灿烂的静底绣锦。

然后，

高蹈的鸬鹚啊！

热情的鸳鸯啊！

水国烟乡底顾客们啊！……

只欢迎你们来

逍遥着，偃卧着；

因为你们知道了

你们的义务。

别　后

啊！那不速的香吻，

没关心的柔词……

啊！热情献来的一切的赘礼，

当时都大意地抛弃了，

于今却变作记忆底干粮，

来充这旅途底饥饿。

可是，有时同样的馈仪，

当时珍重地接待了，抚宠了；

反在记忆之领土里

刻下了生憎惹厌的痕迹。

啊！谁道不是变幻呢？

顷刻之间，热情与冷淡，

已经百度底乘除了。

谁道不是矛盾呢？

一般的香吻，一样的柔词，

才冷僵了骨髓，

又烧焦了纤维。

恶作剧的疟魔呀！

到底是谁遣你来的？

你在这一隙驹光之间，

竟教我更迭地

作了冰炭底化身！

恶作剧的疟魔哟！

收　回

那一天只要命运肯放我们走！

不要怕；虽然得走过一个黑洞，

你大胆的走；让我掇着你的手；

也不用问哪里来的一阵阴风。

只记住了我今天的话，留心那

一掬温存，几朵吻，留心那几炷笑，

都给拾起来，没有差；——记住我的话：

拾起来，还有珊瑚色的一串心跳。

可怜今天苦了你——心渴望着心——

那时候该让你拾，拾一个痛快，

拾起我们今天损失了的黄金。

那斑斓的残瓣，都是我们的爱，

拾起来，戴上。

你戴着爱的圆光，

我们再走，管他是地狱，是天堂！

心鸟停了他的春歌

千林风雨莺求友。

——黄庭坚

雨 夜

几朵浮云，仗着雷雨的势力，

把一天底星月都扫尽了。

一阵狂风还喊来要捉那软弱的树枝，

树枝拼命地扭来扭去，

但是无法躲避风的爪子。

凶狠的风声，悲酸的雨声——

我一壁听着，一壁想着：

假使梦这时要来找我，

我定要永远拉着他，不放他走；

还要剜出我的心来送他作贽礼，

他要收我作个莫逆的朋友。

风声还在树里呻吟着，

泪痕满面的曙天白得可怕，

我的梦依然没有做成。

哦！原来真的已被我厌恶了，

假的就没他自身的尊严吗？

忠　告

人说："月儿，你圆似弹丸，缺似

　　　弓弦；圆时虽美，缺的难看！"

我说："月儿，圆缺是你的常事，

　　　你别存美丑底观念！

　　　你缺到半规，缺到娥眉，我还

　　　　　是爱你那清光灿烂；

　　　但是你若怕丑，躲在黑云里，

　　　　　不肯露面，

　　　我看不见你，便疑你像龟鼊底

　　　　　甲，蟾蜍底衣，夜叉底脸。"

　　　　　　　　　　　　5月14日

率　真

莺儿，你唱得这样高兴，

你知道树下靠着一个人是为什么的吗？

鸦儿，你也唱得这样高兴，

你不曾听见诅骂底声音吗？

好鸟儿！我想你们只知有了歌儿，就该唱，

什么赞美，什么诅骂，你们怎能管得着？

咦！鹦哥，鸟族底不肖之子，

忘了自己的歌儿学人语。

若是天下鸟儿都似你，

世界上哪里去找音乐呢？

5月14日

伤 心

风儿歇了，

柳条儿舞倦了，

雀儿底嗓子叫干了，

春底力也竭了。

肥了绿的，

瘦了红的；

好容易穿透了花丛，

才找出一个恋春的孤客。

拉着他的枝儿，

细细地总看不足，

忽地里把他放了，

弹得一阵残红纷纷……

快放下你的眼帘！

这样惨的象如何看得？

唉！气不完，又哭不出，

只咬着指尖儿默默地想着，——

你又何必这样呢？

5月17日

黄　昏

太阳辛苦了一天，

赚得一个平安的黄昏，

喜得满面通红，

一气直往山洼里狂奔。

黑暗好比无声的雨丝，

慢慢往世界上飘洒……

贪睡的合欢叠拢了绿鬓，钩下了柔颈，

路灯也一齐偷了残霞，换了金花；

单剩那喷水池

不怕惊破别家底酣梦，

依然活泼泼地高呼狂笑，独自玩耍。

饭后散步的人们，

好像刚吃饱了蜜的蜂儿一窠，

三三五五的都往

马路上头，板桥栏畔飞着。

嗡……嗡……嗡……听听唱的什么——

　　是花色底美丑？

　　是蜜味底厚薄？

　　是女王底专制？

　　是东风底残虐？

啊！神秘的黄昏啊！

问你这首玄妙的歌儿，

这辈嚣喧的众生

谁个唱的是你的真义？

时间底教训

太阳射上床，惊走了梦魂，

昨日底烦恼去了，今日底还没来呢。

啊！这样肥饱的鹑声，

稻林里撞挤出来——来到我心房酿蜜，

还同我的，万物的蜜心，

融合作一团快乐——生命底唯一真义。

此刻时间望我尽笑，

我便合掌向他祈祷："赐我无尽期！"

可怕！那笑还是冷笑；

哪里？他把眉尖锁起，居然生了气。

"地得！地得！"听那壁上的钟声，

果同快马狂蹄一般地奔腾。

那骑者还仿佛吼着：

"尽可多多创造快乐去填满时间；

哪可活活缚着时间来陪着快乐？"

二月庐

面对一幅淡山明水的画屏，

在一块棋盘似的稻田边上，

蹲着一座看棋的瓦屋——

紧紧地被捏在小山底拳心里。

柳荫下睡着一口方塘；

聪明的燕子——伊唱歌儿

偏找到这里，好听着水面的

回声，改正音调底错儿。

燕子！可听见昨夜那阵冷雨？

西风底信来了，催你快回去。

今年去了，明年，后年，后年以后，

一年回一度的还是你吗？

啊？你的爆裂得这样音响，

迸出些什么压不平的古愁！

可怜的鸟儿，你诉给谁听？

哪知道这个心也碎了哦！

美与爱

窗子里吐出娇嫩的灯光——

两行鹅黄染的方块镶在墙上；

一双枣树的影子，像堆大蛇，

横七竖八地睡满了墙下。

啊！那颗大星儿！嫦娥底侣伴！

你无端绊住了我的视线；

我的心鸟立刻停了他的春歌，

因他听了你那无声的天乐。

听着，他竟不觉忘却了自己，

一心只要飞出去找你，

把监牢底铁槛也撞断了；

但是你忽然飞地不见了！

屋角底凄风悠悠叹了一声，

惊醒了懒蛇滚了几滚；

月色白得可怕，许是恼了？

张着大嘴的窗子又像笑了！

可怜的鸟儿，它如今回了，

嗓子哑了，眼睛瞎了，心也灰了；

两翅洒着滴滴的鲜血——

是爱底代价，美底罪孽！

诗　人

人们说我有些像一颗星儿，

无论怎样光明，只好作月儿底伴，

总不若灯烛那样有用——

还要照着世界作工，不徒是好看。

人们说春风把我吹燃，是火样的薇花，

再吹一口，便变成了一堆死灰；

剩下的叶儿像铁甲，刺儿像蜂针，

谁敢抱进他的赤裸的胸怀？

又有些人比我作一座遥山：

他们但愿远远望见我的颜色，

却不相信那白云深处里，

还别有一个世界——一个天国。

其余的人或说这样，或说那样，

只是说得对的没有一个。

"谢谢朋友们！"我说，"不要管我了，

你们那样忙，哪有心思来管我？

你们在忙中觉得热闷时，

风儿吹来，你们无心地喝下了，

也不必问是谁送来的，

自然会觉得他来的正好！"

幻中之邂逅

太阳落了，责任闭了眼睛，

屋里朦胧的黑暗凄酸的寂静，

钩动了一种若有若无的感情，

——快乐和悲哀之间底黄昏。

仿佛一簇白云，蒙蒙漠漠，

拥着一只素氅朱冠的仙鹤——

在方才淌进的月光里浸着，

那娉婷的模样就是她么？

我们都还没吐出一丝儿声响；

我刚才无心地碰着她的衣裳，

许多的秘密，便同奔川一样，

从这摩触中不歇地冲洄来往。

忽地里我想要问她到底是谁，

抬起头来……月在哪里？人在哪里？

从此狰狞的黑暗，咆哮的静寂，

便扰得辗转空床，通夜无睡。

失 败

从前我养了一盆宝贵的花儿，

好容易孕了一个苞子，

但总是半含半吐的不肯放开。

我等发了急，硬把他剥开了，

他便一天萎似一天，萎得不像样了。

如今我要他再关上不能了。

我到底没有看见我要看的花儿！

从前我做了一个希奇的梦，

我总嫌他有些太模糊了，

我满不介意，让他震破了；

我醒了，直等到月落，等到天明，

重织一个新梦既织不成，

便是那个旧的也补不起来了。

我到底没有做好我要做的梦！

贡 臣

我的王！我从远方来朝你，

带了满船你不认识的，

但是你必中意的贡礼。

我兴高采烈地航到这里来，

哪里知道你的心……唉！

还是一个涸了的海港！

我悄悄地等着你的爱潮澎涨，

好浮进我的重载的船艘；

月儿圆了几周，花儿红了几度，

还是老等，等不来你的潮头！

我的王！他们讲潮汐有信，

如今叫我怎样相信他呢？

花儿开过了

花儿开过了，果子结完了；

一春底香雨被一夏底骄阳炙干了，

一夏底荣华被一秋底馋风扫尽了。

如今败叶枯枝，便是你的余剩了。

天寒风紧，冻哑了我的心琴；

我惯唱的颂歌如今竟唱不成。

但是，且莫伤心，我的爱，

琴弦虽不鸣了，音乐依然在。

只要灵魂不灭，记忆不死，纵使

你的荣华永逝，（这原是没有的事）

我敢说那已消的春梦底余痕，

还永远是你我的生命底生命！

况且永继的荣华，顿刻的凋落——

两两相形，又算得了些什么？

今冬底假眠，也不过是明春底

更烈的生命所必需的休息。

所以不怕花残，果烂，叶败，枝空，

那缜密的爱底根网总没一刻放松；

他总是绊着，抓着，咬着我的心，

他要抽尽我的生命供给你的生命！

爱呀！上帝不曾因青春底暂退，

就要将这个世界一齐捣毁，

我也不曾因你的花儿暂谢，

就敢失望，想另种一朵来代他！

死

啊！我的灵魂底灵魂！

我的生命底生命，

我一生底失败，一生底亏欠，

如今要都在你身上补足追偿，

但是我有什么

可以求于你的呢？

让我淹死在你眼睛底汪波里！

让我烧死在你心房底熔炉里！

让我醉死在你音乐底琼醪里！

让我闷死在你呼吸底馥郁里！

不然，就让你的尊严羞死我！

让你的酷冷冻死我！

让你那无情的牙齿咬死我！

让那寡恩的毒剑螯死我！

你若赏给我快乐，

我就快乐死了；

你若赐给我痛苦，

我也痛苦死了；

死是我对你唯一的要求，

死是我对你无上的贡献。

深夜底泪

生波停了掀簸；

深夜啊！——

沉默的寒潭！

澈虚的古镜！

行人啊！

回转头来，

照照你的颜容吧！

啊！这般憔悴……

轻柔的泪，

温热的泪，

洗得净这仆仆的征尘？

无端地一滴滴流到唇边，

想是要你尝尝它的滋味；

这便是生活底滋味！

枕儿啊！

紧紧地贴着！

请你也尝尝它的滋味。

唉！若不是你，

这腐烂的骷髅，

往哪里靠啊！

再鼓啊！

一声声这般急切；

便是生活底战鼓吧？

唉！擂断了心弦，

搅乱了生波……

战也是死，

逃也是死，

降了我不甘心。

生活啊！

你可有个究竟？

啊！宇宙底生命之酒，

都将酌进上帝底金樽。

不幸的浮沤！

怎地偏酌漏了你呢？

烛又点燃了

蜡炬成灰泪始干。

——李商隐

红　烛

红烛啊！

这样红的烛！

诗人啊！

吐出你的心来比比，

可是一般颜色？

红烛啊！

是谁制的蜡——给你躯体？

是谁点的火——点着灵魂？

为何更须烧蜡成灰，

然后才放光出？

一误再误；

矛盾！冲突！

红烛啊！

不误，不误！

原是要"烧"出你的光来——

这正是自然底方法。

红烛啊！

既制了，便烧着！

烧吧！烧吧！

烧破世人底梦，

烧沸世人底血——

也救出他们的灵魂，

也捣破他们的监狱！

虹烛啊！

你心火发光之期，

正是泪流开始之日。

红烛啊!

匠人造了你,

原是为烧的。

既已烧着,

又何苦伤心流泪?

哦!我知道了!

是残风来侵你的光芒,

你烧得不稳时,

才着急得流泪!

红烛啊!

流吧!你怎能不流呢?

请将你的脂膏,

不息地流向人间,

培出慰藉底花儿,

结成快乐的果子！

红烛啊！

你流一滴泪，灰一分心。

灰心流泪你的果，

创造光明你的因。

红烛啊！

"莫问收获，但问耕耘。"

太平洋舟中见一明星

鲜艳的明星哪！——

太阴底嫡裔，

月儿同胞的小妹——

你是天仙吐出的玉唾，

溅在天边？

还是鲛人泣出的明珠，

被海涛淘起？

哦！我这被单调的浪声

摇醒了的灵魂，

昏昏睡了这么久，

毕竟被你唤醒了哦，

灿烂的宝灯啊！

我在昏沉的梦中，

你将我唤醒了，

我才知道我已离了故乡，

贬斥在情爱底边徼之外——

飘籤在海涛上的一枚钓饵。

你又唤醒了我的大梦——

梦外包着的一层梦！

生活呀！苍茫的生活呀！

也是波涛险阻的大海哟！

是情人底眼泪底波涛，

是壮士底血液底波涛。

鲜艳的星，光明底结晶啊！

生命之海中底灯塔！

照着我吧！照着我吧！

不要让我碰了礁滩！

不要许我越了航线；

我自要加进我的一勺温泪，

教这泪海更咸；

我自要倾出我的一腔热血，

教这血涛更鲜！

玄　思

在这黄昏底沉默里，

从我这荒凉的脑子里，

常迸出些古怪的思想，

不伦不类的思想；

仿佛从一座古寺前的

尘封雨渍的钟楼里，

飞出一阵猜怯的蝙蝠，

非禽非兽的小怪物。

同野心的蝙蝠一样，

我的思想不肯只爬在地上，

却老在天空里兜圈子，

圆的，扁的，种种的圈子。

我这荒凉的脑子

在黄昏底沉默里，

常进出些古怪的思想，

仿佛同些蝙蝠一样。

寄怀实秋

泪绳捆住的红烛

已被海风吹熄了，

跟着有一缕犹疑的轻烟，

左顾右盼，

不知往哪里去好。

啊！解体的灵魂哟！

失路底悲哀哟！

在黑暗的严城里，

恐怖方施行它的高压政策：

诗人底尸肉在那里仓皇着，

仿佛一只丧家之犬呢。

莲蕊间酣睡着的恋人啊！

不要灭了你的纱灯：

几时珠箔银绦飘着过来，

可要借给我点燃我的残烛，

好在这阴城里面，

为我照出一条道路。

烛又点燃了，

那时我便作个自然的流萤，

在深更底风露里，

还可以逍遥流荡着，

直到黎明！

莲蕊间酣睡着的骚人啊！

小心那成群打围的飞蛾，

不要灭了你的纱灯哦！

晴　朝

一个迟笨的晴朝，

比年还现长得多，

像条懒洋洋的冻蛇，

从我的窗前爬过。

一阵淡清的烟云

偷着跨进了街心……

对面的一带朱楼

忽都被他咒入梦境。

栗色汽车像匹骄马

休息在老绿荫中，

瞅着他自身的黑影，

连动也不动一动。

傲霜的老健的榆树

伸出一只粗胳膊，

拿在窗前底日光里，

翻金弄绿，不奈乐何。

除外了一个黑人

薙草，刮刮地响声渐远，

再没有一息声音——

和平布满了大自然，

和平蜷伏在人人心里；

但是在我的心内

若果也有和平底形迹，

那是一种和平底悲哀。

地球平稳地转着，

一切的都向朝日微笑；

我也不是不会笑，

泪珠儿却先滚出来了。

皎皎的白日啊！

将照遍了朱楼底四面；

永远照不进的是——

游子底漆黑的心窝坎！

一个恹病的晴朝：

比年还过得慢，

像条负创的伤蛇，

爬过了我的窗前。

记 忆

记忆渍起苦恼的黑泪

在生活底纸上写满蝇头细字；

生活底纸可以撕成碎片，

记忆底笔迹永无磨灭之时。

啊！友谊底悲剧，希望底挽歌，

情热底战史，罪恶底供状——

啊！不堪卒读的文词哦！

是记忆底亲手笔，悲哀底旧文章！

请弃绝了我吧，拯救了我吧！

智慧哟！勾引记忆底奸细！

若求忘却那悲哀的文章，

除非要你赦脱了你我的关系！

太阳吟

太阳啊，刺得我心痛的太阳！

又逼走了游子底一出还乡梦，

又加他十二个时辰底九曲回肠！

太阳啊，火一样烧着的太阳！

烘干了小草尖头底露水，

可烘得干游子底冷泪盈眶？

太阳啊，六龙骖驾的太阳！

省得我受这一天天底缓刑，

就把五年当一天跑完那又何妨？

太阳啊——神速的金乌——太阳！

让我骑着你每日绕行地球一周，

也便能天天望见一次家乡！

太阳啊，楼角新升的太阳！

不是刚从我们东方来的吗？

我的家乡此刻可都依然无恙？

太阳啊，我家乡来的太阳！

北京城里底官柳裹上一身秋了吧？

唉！我也憔悴的同深秋一样！

太阳啊，奔波不息的太阳！

你也好像无家可归似的呢。

啊！你我的身世一样地不堪设想！

太阳啊，自强不息的太阳！

大宇宙许就是你的家乡吧。

可能指示我我底家乡底方向？

太阳啊，这不像我的山川，太阳！

这里的风云另带一般颜色，

这里鸟儿唱的调子格外凄凉。

太阳啊，生命之火底太阳！

但是谁不知你是球东半底情热，

同时又是球西半底智光？

太阳啊，也是我家乡底太阳！

此刻我回不了我往日的家乡，

便认你为家乡也还得失相偿。

太阳啊，慈光普照的太阳！

往后我看见你时，就当回家一次；

我的家乡不在地下乃在天上！

秋之末日

和西风酗了一夜的酒，

醉得颠头跌脑，

洒了金子扯了锦绣，

还呼呼地吼个不休。

奢豪的秋，自然底浪子哦！

春夏辛苦了半年，

能有多少的积蓄，

来供你这般地挥霍呢？

如今该要破产了吧！

秋深了

秋深了，人病了。

人敌不住秋了，

镇日拥着件大氅，

像只煨灶的猫，

蜷在摇椅上摇……摇……摇……

想着祖国，

想着家庭，

想着母校，

想着故人，

想着不胜想，不堪想的胜境良朝。

春底荣华逝了，

夏底荣华逝了；

秋在对面嵌白框窗子的

金字塔似的木板房子檐下，

抱着香黄色的破头帕，

追想春夏已逝的荣华；

想的伤心时，

飒飒地洒下几点黄金泪。

啊！秋是追想底时期！

秋是堕泪底时期！

废 园

一只落魄的蜜蜂，

像个沿门托钵的病僧，

游到被秋雨踢倒了的

一堆烂纸似的鸡冠花上，

闻了一闻，马上飞走了。

啊！零落底悲哀哟！

是蜂底悲哀？是花底悲哀？

小　溪

铅灰色的树影，

是一长篇噩梦，

横压在昏睡着的

小溪底胸膛上。

小溪挣扎着，挣扎着……

似乎毫无一点影响。

烂　果

我的肉早被黑虫子咬烂了。

我睡在冷辣的青苔上，

索性让烂的越加烂了，

只等烂穿了我的核甲，

烂破了我的监牢，

我的幽闭的灵魂

便穿着豆绿的背心，

笑迷迷地要跳出来了！

色 彩

生命是张没价值的白纸，

自从绿给了我发展，

红给了我情热，

黄教我以忠义，

蓝教我以高洁，

粉红赐我以希望，

灰白赠我以悲哀；

再完成这帧彩图，

黑还要加我以死。

从此以后，

我便溺爱于我的生命，

因为我爱他的色彩。

抱　怨

我拈起笔来在手中玩弄，

空中便飞来了一排韵脚；

我不知如何的摆布他们，

只希望能写出一些快乐。

我听见你在窗前咳嗽，

不由的写成了一首悲歌。

上帝将要写我的生传；

展开了我的生命之纸，

不知要写些什么东西，

许是灾殃，也许是喜事。

你硬要加入你的姓名，

他便写成了一篇痛史。

比 较

别人的春光歌舞着来，

鸟啼花发鼓舞别人的爱。

我们只有一春苦雨与凄风！

总是桐花暗淡柳惶忪；——

　　我们和别人同不同？

我的人儿她不爱说话，

书斋里夜夜给我送烟茶，

别人家里灯光像是泼溶银，

吴歌楚舞不肯放天明——

　　我们怎能够比别人？

别人睡向青山去休息，

我们也一同走入黄泉里。

别人堂上的燕子找不着家，

飞到我们的墙前骂落花——

我们比别人差不差？

鸟　语
——送友人南归

他们把我关在囚笼里，

可是这囚笼没有墙壁：——

削瘦的栏杆围在四旁，

一根根都像白骨一样。

这些栏杆中间的隙缝，

不知道到底有什么用：

为他们看我的羽翰，

还是让我好望见青天？

也许是仙鹤似的白云

驶过了蓝宝石的天心；

也许是白云似的仙鹤

从赤日的轮盘边儿晃过。

天上既有飞动的东西，

我怎当辜负我的羽翼？

你看我也打破了监牢；

我原是一只能飞的鸟！

于今回到了我的家乡，

我也该晾晾我的翅膀，……

吓！这根柳条真个轻软，

这满塘春水明镜一般。

江南的山林幽深得很，

山上的白云分外氤氲；

明朝你听见歌声如锤，

你怎知道我身在何处！

奇　迹

我要的本不是火齐的红，或半夜里

桃花潭水的黑，也不是琵琶的幽怨，

蔷薇的香，我不曾真心爱过文豹的矜严，

我要的婉娈也不是任何白鸽所有的。

我要的本不是这些，而是这些的结晶，

比这一切更神奇得万倍的一个奇迹！

可是，这灵魂是真饿得慌，我又不能

让他缺着供养，那么，即便是糟糠，

你也得募化不是？天知道，我不是

甘心如此，我并非倔强，亦不是愚蠢，

我是等你不及，等不及奇迹的来临！

我不敢让灵魂缺着供养，谁不知道

一树蝉鸣，一壶浊酒，算得了什么，

纵提到烟峦，曙壑，或更璀璨的星空，

也只是平凡，最无所谓的平凡，犯得着

惊喜得没主意，喊着最动人的名儿，

恨不得黄金铸字，给装在一支歌里？

我也说但为一阕莺歌便噙不住眼泪

那未免太支离，太玄了，简直不值当。

谁晓得，我可不能不那样：这心是真

饿得慌，我不能不节省点，把藜藿

权当作膏粱。

　　　　可也不妨明说，只要你——

只要奇迹露一面，我马上就抛弃平凡

我再不瞅着一张霜叶梦想春花的艳

再不浪费这灵魂的膂力，剥开顽石

来诛求白玉的温润，给我一个奇迹，

我也不再去鞭挞着"丑"，逼他要

那份背面的意义；实在我早厌恶了

这些勾当，这附会也委实是太费解了。

我只要一个明白的字，舍利子似的闪着

宝光，我要的是整个的，正面的美。

我并非倔强，亦不是愚蠢，我不会看见

团扇，悟不起扇后那天仙似的人面。

那么

　　我便等着，不管等到多少轮回以后——

既然当初许下心愿，也不知道是在多少

轮回以前——我等，我不抱怨，只静候着

一个奇迹的来临。总不能没有那一天

让雷来劈我，火山来烧，全地狱翻起来

扑我，……害怕吗？你放心，反正罡风

吹不熄灵魂的灯，愿这蜕壳化成灰烬，

不碍事，因为那，那便是我的一刹那

一刹那的永恒——一阵异香，最神秘的

肃静，（日，月，一切星球的旋动早被

喝住，时间也止步了）最浑圆的和平……

我听见阊阖的户枢砉然一响，

传来一片衣裙的綷縩——那便是奇迹——

半启的金扉中，一个戴着圆光的你！

四万万不灭的明星

大 暑

今天是大暑节，我要回家了！

今天的日历他劝我回家了。

　　他说家乡的大暑节

　　是斑鸠唤雨的时候，

大暑到了，湖上飘满紫鸡头。

大暑正是我回家的时候。

我要回家了，今天是大暑；

我园里的丝瓜爬上了树，

　　几多银丝的小葫芦，

　　吊在藤须上巍巍颤，

初结实的黄瓜儿小得像橄榄，……

呵！今年不回家，更待哪一年？

今天是大暑，我要回家了！

燕儿坐在桥梁上讲话了；

　　斜头赤脚的村家女，

　　门前叫道卖莲蓬；

青蛙闹在画堂西，闹在画堂东，……

今天不回家辜负了稻香风。

今天是大暑，我要回家去！

家乡的黄昏里尽是盐老鼠，

　　月下乘凉听打稻，

　　卧看星斗坐吹箫；

鹭鹚偷着踏上海船来睡觉，

我也要回家了，我要回家了！

我是中国人

我是中国人，我是支那人，

我是黄帝底神明血胤，

我是地球上最高处来的，

帕米尔便是我的原籍。

我的种族是一条大河，

我们流下了昆仑山坡，

我们流过了亚洲大陆，

我们流出了优美的风俗。

伟大的民族！伟大的民族！

五岳一般的庄严正肃，

广漠的太平洋底度量，

春云底柔和，秋风底豪放！

我们的历史可以歌唱，

他是尧时老人敲着木壤，

敲出来的太平的音乐，——

我们的历史是一节民歌。

我们的历史是一只金罍，

盛着帝王祀天底芳礼，——

我们敬天我们顺天，

我们是乐天安命的神仙。

我们的历史是一掬清泪，

孔子哀悼死麒麟的泪；

我们的历史是一阵狂笑，

庄周、淳于髡、东方朔底笑。

我是中国人，我是支那人，

我的心里有尧舜底心，

我的血是荆轲、聂政底血，

我是神农、黄帝底遗孽。

我的智慧来得真离奇，

他是河马献来的馈礼；

我这歌声中的节奏，

原是九苞凤凰底传授。

我心头充满戈壁底沉默，

脸上有黄河波涛底颜色，

泰山底石溜滴成我的忍耐，

峥嵘的剑阁撑出我的胸怀。

我没有睡着！我没有睡着！

我心中的灵火还在燃烧；

我的火焰他越烧越燃，

我为我的祖国烧得发颤。

我的记忆还是一根麻绳，

绳上束满了无数的结梗，

一个结子是一桩史事——

我便是五千年底历史。

我是过去五千年底历史，

我是将来五千年底历史。

我要修葺这历史底舞台，

预备排演历史底将来。

我们将来的历史是一首歌，

还歌着海宴河清底音乐；

我们将来的历史是一杯酒，

又在金罍里给皇天献寿。

我们将来的历史是一滴泪，

我的泪洗尽人类底悲哀；

我们将来的历史是一声笑，

我的笑驱尽宇宙底烦恼。

我们是一条河，一条天河，

一派浑浑噩噩的光被——

我们是四万万不灭的明星，

我们的位置永远注定。

伟大的民族！伟大的民族！

我们是东方文化底鼻祖，

我的生命是世界底生命，

我是中国人，我是支那人！

爱国的心

我心头有一幅旌旆，

没有风时自然摇摆；

我这幅抖颤的心旌，

上面有五样的色彩。

这心腹里海棠叶形，

是中华版图底缩本；

谁能偷去伊的版图？

谁能偷得去我的心？

回来了

这真是说不出的悲喜交集——

滚滚的江涛向我迎来，

然后这里是青山，那里是绿水……

我又投入了祖国的慈怀！

你莫告诉我这里是遍体疮痍，

你没听见麦浪翻得沙沙响？

这才是我的家乡我的祖国：

打盹的雀儿钉在牛背上。

祖国啊！今天我分外爱你……

风呀你莫吹，浪呀你莫涌，

让我镇定一会儿，镇定一会儿，

我的心儿他如此在怔忡！

你看江水俨然金一般的黄，

千樯的倒影蠕动在微澜里。

这是我的祖国，这是我的家乡，

别的且都不必提起。

今天风呀你莫吹，浪呀你莫涌。

我是刚才刚才回到家。

祖国呀，今天我们要分外亲热；

请你有泪儿今天莫洒。

这真是说不出的悲喜交集；

我又投入了祖国的慈怀。

你看船边飞着簸谷似的浪花，

天上飘来仙鹤般的云彩。

故 乡

先生，先生，你到底要上哪里去？

你这样的匆忙，你可有什么事？

我要看还有没有我的家乡在；

我要走了，我要回到望天湖边去。

我要访问如今那里还有没有

白波翻在湖中心，绿波翻在秧田里，

有没有麻雀在水竹枝头耍武艺？

先生，先生，世界是这样的新奇，

你不在这里遨游，偏要哪里去？

我要探访我的家乡，我有我的心事；

我要看孵卵的秧鸡可在秧林里，

泥上可还有鸽子的脚儿印"个"字，

神山上的白云一分钟里变几次，

可还有燕儿飞到人家堂上来报喜。

先生，先生，我劝你不要回家去；

世间只有远游的生活是自由的。

游子的心是风霜剥蚀的残碑，

碑上已经漶漫了家乡的字迹，

哦，我要回家去，我要赶紧回家去，

我要听门外的水车终日作鼍鸣，

再将家乡的音乐收入心房里。

先生，先生，你为什么要回家去？

世上有的是荣华，有的是智慧。

你不知道故乡有一个可爱的湖，

常年总有半边青天浸在湖水里，

湖岸上有兔儿在黄昏里觅粮食，

还有见了兔儿不要追的狗子，

我要看如今还有没有这种事。

先生，先生，我越加不能懂你了，

你到底，到底为什么要回家去？

我要看家乡的菱角还长几根刺，

我要看那里一根藕里还有几根丝，

我要看家乡还认识不认识我，

我要看坟山上添了几块新碑石，

我家后园里可还有开花的竹子。

七子之歌

邶有七子之母不安其室。七子自怨自艾，冀以回其母心。诗人作《凯风》以愍之。吾国自尼布楚条约迄旅大之租让，先后丧失之土地，失养于祖国，受虐于异类，臆其悲哀之情，盖有甚于《凯风》之七子。因择其与中华关系最亲切者七地，为作歌各一章，以抒其孤苦亡告，眷怀祖国之哀忱，亦以励国人之奋兴云尔。国疆崩丧，积日既久，国人视之漠然。不见夫法兰西之 Alsace-Lorraine[1] 耶？"精诚所至，金石能开。"诚如斯，中华"七子"之归来其在旦夕乎！

澳　门

你可知"妈港"不是我的真名姓？……

我离开你的襁褓太久了，母亲！

---

[1]Alsace-Lorraine，即阿尔萨斯—洛林地区，位于法国东部，普法战争后于1871年割让给德国，第一次世界大战德国战败，1919年这块土地又归还法国。

但是他们掳去的是我的肉体，

你依然保管着我内心的灵魂。

三百年来梦寐不忘的生母啊！

请叫儿的乳名，叫我一声"澳门"！

　　母亲！我要回来，母亲！

香　港

我好比凤阙阶前守夜的黄豹，

母亲呀，我身分虽微，地位险要。

如今狞恶的海狮扑在我身上，

啖着我的骨肉，咽着我的脂膏；

母亲呀！我哭泣号啕，呼你不应。

母亲呀！快让我躲入你的怀抱！

　　母亲！我要回来，母亲！

台 湾

我们是东海捧出的珍珠一串，

琉球是我的群弟我就是台湾。

我胸中还氤氲着郑氏的英魂，

精忠的赤血点染了我的家传。

母亲，酷炎的夏日要晒死我了；

赐我个号令，我还能背城一战。

母亲！我要回来，母亲！

威海卫

再让我看守着中华最古的海，

这边岸上原有圣人的丘陵在。

母亲，莫忘了我是防海的健将，

我有一座刘公岛作我的盾牌。

快救我回来呀！时期已经到了。

我背后葬的尽是圣人的遗骸！

　　母亲！我要回来，母亲！

广州湾

东海和硇州[1]是我的一双管钥，

我是神州后门上的一把铁锁。

你为什么把我借给一个盗贼？

母亲呀，你千万不该抛弃了我！

母亲，让我快回到你的膝前来，

我要紧紧的拥抱着你的脚髁。

　　母亲！我要回来，母亲！

九　龙

　　我的胞兄香港在诉他的苦痛，

---

[1]硇州，现作"硇洲"，岛名，位于广东湛江东南，西依雷州湾。

母亲呀，可记得你的幼女九龙？

自从我下嫁给那镇海的魔王，

我何曾有一天不在泪涛汹涌！

母亲，我天天数着归宁的吉日，

我只怕希望要变作一场空梦。

母亲！我要回来，母亲！

旅顺，大连

我们是旅顺，大连，孪生的兄弟。

我们的命运应该如何的比拟？——

两个强邻将我们来回的蹂躏，

我们是暴徒脚下的两团烂泥。

母亲，归期到了，快领我们回来。

你不知道儿们如何的想念你！

母亲！我们要回来，母亲！

秦始皇帝

荆轲的匕首，张良的大铁椎，

是两只苍蝇从我眼前飞过。

我肋骨槛里囚着一只黑狼，

这 只黑狼他终于杀了我。

我吞噬了六国来喂这黑狼，

黑狼喂肥了，反来吞噬了我；

我筑起阿房来让黑狼游戏，

他游倦了，我们一齐都睡着。

如今什么也惊不醒我们了，

钜鹿的干戈和咸阳城的火……

多情的刺猬抱着我的骷髅，

十丈来的青蛇缠着我的脚。

口　供

我不骗你，我不是什么诗人，

纵然我爱的是白石的坚贞，

青松和大海，鸦背驮着夕阳，

黄昏里织满了蝙蝠的翅膀。

你知道我爱英雄，还爱高山，

我爱一幅国旗在风中招展，

自从鹅黄到古铜色的菊花。

记着我的粮食是一壶苦茶！

可是还有一个我，你怕不怕？——

苍蝇似的思想，垃圾桶里爬。

"你指着太阳起誓"

你指着太阳起誓，叫天边的寒雁

说你的忠贞。好了，我完全相信你，

甚至热情开出泪花，我也不诧异。

只是你要说什么海枯，什么石烂……

那便笑得死我。这一口气的工夫

还不够我陶醉的？还说什么"永久"？

爱，你知道我只有一口气的贪图，

快来箍紧我的心，快！啊，你走，你走……

我早算就了你那一手——也不是变卦——

"永久"早许给了别人，秕糠是我的份，

别人得的才是你的菁华——不坏的千春。

你不信？假如一天死神拿出你的花押，

你走不走？去去！去恋着他的怀抱，

跟他去讲那海枯石烂不变的贞操！

你　看

你看太阳像眠后的春蚕一样，

镇日吐不尽黄丝似的光芒；

你看负暄的红襟在电杆梢上，

酣眠的锦鸭泊在老柳根旁。

你眼前又陈列着青春的宝藏，

朋友们，请就在这眼前欣赏；

你有眼睛请再看青山的峦嶂，

但莫向那山外探望你的家乡。

你听听那枝头颂春的梅花雀，

你得揩干眼泪，和他一只歌。

朋友，乡愁最是个无情的恶魔，

他能教你眼前的春光变作沙漠。

你看春风解放了冰锁的寒溪，

半溪白齿琮琮的漱着涟漪，

细草又织就了釉釉的绿意。

白杨枝上招展着幺小的银旗。

朋友们，等你看到了故乡的春，

怕不要老尽春光老尽了人？

呵，不要探望你的家乡，朋友们，

家乡是个贼，他能偷去你的心！

一个观念

你隽永的神秘，你美丽的谎，

你倔强的质问，你一道金光，

一点儿亲密的意义，一股火，

一缕缥缈的呼声，你是什么？

我不疑，这因缘一点也不假，

我知道海洋不骗他的浪花。

既然是节奏，就不该抱怨歌。

啊，横暴的威灵，你降伏了我，

你降伏了我！你绚缦的长虹——

五千多年的记忆，你不要动，

如今我只问怎样抱得紧你……

你是那样的横蛮，那样美丽！

发　现

我来了，我喊一声，迸着血泪，

"这不是我的中华，不对，不对！"

我来了，因为我听见你叫我；

鞭着时间的罡风，擎一把火，

我来了，不知道是一场空喜。

我会见的是噩梦，哪里是你？

那是恐怖，是噩梦挂着悬崖，

那不是你，那不是我的心爱！

我追问青天，逼迫八面的风，

我问，拳头擂着大地的赤胸，

总问不出消息；我哭着叫你，

呕出一颗心来，——在我心里！

祈　祷

请告诉我谁是中国人，

启示我，如何把记忆抱紧；

请告诉我这民族的伟大，

轻轻的告诉我，不要喧哗！

请告诉我谁是中国人，

谁的心里有尧舜的心，

谁的血是荆轲聂政的血，

谁是神农黄帝的遗孽。

告诉我那智慧来得离奇，

说是河马献来的馈礼；

还告诉我这歌声的节奏，

原是九苞凤凰的传授。

谁告诉我戈壁的沉默，

和五岳的庄严？又告诉我

泰山的石溜还滴着忍耐，

大江黄河又流着和谐？

再告诉我，哪一滴清泪

是孔子吊唁死麟的伤悲？

那狂笑也得告诉我才好，——

庄周淳于髡东方朔的笑。

请告诉我谁是中国人，

启示我，如何把记忆抱紧；

请告诉我这民族的伟大，

轻轻的告诉我，不要喧哗！

一句话

有一句话说出就是祸，

有一句话能点得着火。

别看五千年没有说破，

你猜得透火山的缄默？

说不定是突然着了魔，

突然青天里一个霹雳

　　　爆一声：

　　"咱们的中国！"

这话叫我今天怎么说？

你不信铁树开花也可，

那么有一句话你听着：

等火山忍不住了缄默，

不要发抖，伸舌头，顿脚，

等到青天里一个霹雳

爆一声：

"咱们的中国！"

泪水在眼边等着

什么梦？

一排雁字仓皇的渡过天河，

寒雁的哀呼从她心里穿过，

　　"人啊，人啊"她叹道，

　　"你在哪里，在哪里叫着我？"

黄昏拥着恐怖，直向她进逼，

一团剧痛沉淀在她的心里，

　　"天啊，天啊"她叫道，

　　"这到底，到底是什么意义？"

道是那样长，行程又在夜里，

她站在生死的门限上犹夷，

　　"烦闷，烦闷"她想道，

　　"我将永远，永远结束了你！"

决断写在她脸上，——决断的从容，……

忽然摇篮里哇的一阵警钟，

　"儿啊，儿啊"她哭了，

　"我做的是什么是什么梦？"

狼　狈

假如流水上一抹斜阳

悠悠的来了，悠悠的去了；

假如那时不是我不留你，

那颗心不由我作主了。

假如又是灰色的黄昏

藏满了蝙蝠的翅膀；

假如那时不是我不念你，

那时的心什么也不能想。

假如落叶像败阵纷逃，

暗影在我这窗前睥睨；

假如这颗心不是我的了，

女人，教它如何想你？

假如秋夜也这般的寂寥……

嘿！这是谁在我耳边讲话？

这分明不是你的声音，女人；

假如她偏偏要我降她。

你莫怨我

你莫怨我！

这原来不算什么，

人生是萍水相逢，

让他萍水样错过。

你莫怨我！

你莫问我！

泪珠在眼边等着，

只须你说一句话，

一句话便会碰落，

你莫问我！

你莫惹我！

不要想灰上点火。

我的心早累倒了，

最好是让它睡着，

　　你莫惹我！

　　你莫碰我！

你想什么，想什么？

我们是萍水相逢，

应得轻轻的错过。

　　你莫碰我！

　　你莫管我！

从今加上一把锁；

再不要敲错了门，

今回算我撞的祸，

　　你莫管我！

忘掉她

忘掉她，像一朵忘掉的花，——

那朝霞在花瓣上，

那花心的一缕香——

忘掉她，像一朵忘掉的花！

忘掉她，像一朵忘掉的花！

像春风里一出梦，

像梦里的一声钟，

忘掉她，像一朵忘掉的花！

忘掉她，像一朵忘掉的花！

听蟋蟀唱得多好，

看墓草长得多高；

忘掉她，像一朵忘掉的花！

忘掉她，像一朵忘掉的花！

　她已经忘记了你，

　她什么都记不起；

忘掉她，像一朵忘掉的花！

忘掉她，像一朵忘掉的花！

　年华那朋友真好，

　他明天就教你老；

忘掉她，像一朵忘掉的花！

忘掉她，像一朵忘掉的花！

　如果是有人要问，

　就说没有那个人；

忘掉她，像一朵忘掉的花！

忘掉她，像一朵忘掉的花！

　像春风里一出梦，

像梦里的一声钟，

忘掉她，像一朵忘掉的花！

泪 雨

他在那生命的阳春时节，

曾流着号饥号寒的眼泪；

那原是舒生解冻的春霖，

却也兆征了生命的哀悲。

他少年的泪是连绵的阴雨，

暗中浇熟了酸苦的黄梅；

如今黑云密布，雷电交加，

他的泪像夏雨一般的滂沛。

中途的怅惘，老大的蹉跎，

他知道中年的苦泪更多，

中年的泪定似秋雨淅沥，

梧桐叶上敲着永夜的悲歌。

谁说生命的残冬没有眼泪？

老年的泪是悲哀的总和；

他还有一掬结晶的老泪，

要开作漫天愁人的花朵。

死　水

这是一沟绝望的死水，

清风吹不起半点漪沦。

不如多扔些破铜烂铁，

爽性泼你的剩菜残羹，

也许铜的要绿成翡翠，

铁罐上锈出几瓣桃花；

再让油腻织一层罗绮，

霉菌给他蒸出些云霞。

让死水酵成一沟绿酒，

飘满了珍珠似的白沫；

小珠们笑声变成大珠，

又被偷酒的花蚊咬破。

那么一沟绝望的死水，

也就夸得上几分鲜明。

如果青蛙耐不住寂寞，

又算死水叫出了歌声。

这是一沟绝望的死水，

这里断不是美的所在，

不如让给丑恶来开垦，

看他造出个什么世界。

春 光

静得像入定了的一般，那天竹，

那天竹上密叶遮不住的珊瑚；

那碧桃，在朝暾里运气的麻雀。

春光从一张张的绿叶上爬过。

蓦地一道阳光晃过我的眼前，

我眼睛里飞出了万只的金箭，

我耳边又谣传着翅膀的摩声，

仿佛有一群天使在空中逻巡……

忽地深巷里迸出了一声清籁：

"可怜可怜我这瞎子，老爷太太！"

黄　昏

黄昏是一头迟笨的黑牛，

一步一步的走下了西山；

不许把城门关锁得太早，

总要等黑牛走进了城圈。

黄昏是一头神秘的黑牛，

不知他是哪一界的神仙——

天天月亮要送他到城里，

一早太阳又牵上了西山。

我要回来

我要回来，

乘你的拳头像兰花未放，

乘你的柔发和柔丝一样，

乘你的眼睛里燃着灵光，

我要回来。

我没回来，

乘你的脚步像风中荡桨，

乘你的心灵像痴蝇打窗，

乘你笑声里有银的铃铛，

我没回来。

我该回来，

乘你的眼睛里一阵昏迷，

乘一口阴风把残灯吹熄，

乘一只冷手来掇走了你，

我该回来。

我回来了，

乘流萤打着灯笼照着你，

乘你的耳边悲啼着莎鸡，

乘你睡着了，含一口沙泥，

我回来了。

夜　歌

癞虾蟆抽了一个寒噤，

黄土堆里蹿出个妇人，

妇人身旁找不出阴影，

月色却是如此的分明。

黄土堆里蹿出个妇人，

黄土堆上并没有裂痕；

也不曾惊动一条蚯蚓，

或绷断蛸蟒一根网绳。

月光底下坐着个妇人，

妇人的容貌好似青春，

猩红衫子血样的狰狞，

鬅松的散发披了一身。

妇人在号咷，捶着胸心，

癞虾蟆只是打着寒噤，

远村的荒鸡哇的一声，

黄土堆上不见了妇人。

静　夜

这灯光，这灯光漂白了的四壁；

这贤良的桌椅，朋友似的亲密；

这古书的纸香一阵阵的袭来；

要好的茶杯贞女一般的洁白；

受哺的小儿接呷在母亲怀里，

鼾声报道我大儿康健的消息……

这神秘的静夜，这浑圆的和平，

我喉咙里颤动着感谢的歌声。

但是歌声马上又变成了诅咒，

静夜！我不能，不能受你的贿赂。

谁希罕你这墙内尺方的和平！

我的世界还有更辽阔的边境。

这四墙既隔不断战争的喧嚣，

你有什么方法禁止我的心跳？

最好是让这口里塞满了沙泥，

如其它只会唱着个人的休戚！

最好是让这头颅给田鼠掘洞，

让这一团血肉也去喂着尸虫，

如果只是为了一杯酒，一本诗，

静夜里钟摆摇来的一片闲适，

就听不见了你们四邻的呻吟，

看不见寡妇孤儿抖颤的身影，

战壕里的痉挛，疯人咬着病榻，

和各种惨剧在生活的磨子下。

幸福！我如今不能受你的私贿，

我的世界不在这尺方的墙内。

听！又是一阵炮声，死神在咆哮。

静夜！你如何能禁止我的心跳？

荒　村

　　……临淮关梁园镇间一百八十里之距离，已完全断绝人烟。

汽车道两旁之村庄，所有居民，逃避一空。农民之家具木器，

均以绳相连，沉于附近水塘稻田中，以避火焚。门窗俱无，中

以棺材或石堵塞。一至夜间，则灯火全无。鸡犬豕等觅食野间，

亦无人看守。而间有玫瑰芍药犹墙隅自开。新出稻秧，翠蔼宜人。

草木无知，其斯之谓欤？

——民国十六年五月十九日《新闻报》

　　　　他们都上哪里去了？怎么

　　　　虾蟆蹲在甑上，水瓢里开白莲；

　　　　桌椅板凳在田里堰里飘着；

　　　　蜘蛛的绳桥从东屋往西屋牵？

　　　　门框里嵌棺材，窗棂里镶石块！

　　　　这景象是多么古怪多么惨！

　　　　镰刀让它锈着快锈成了泥，

抛着整个的鱼网在灰堆里烂。

天呀！这样的村庄都留不住他们！

玫瑰开不完，荷叶长成了伞；

秧针这样尖，湖水这样绿，

天这样青，鸟声像露珠样圆。

这秧是怎样绿的，花儿谁叫红的？

这泥里和着谁的血，谁的汗？

去得这样的坚决，这样的脱洒，

可有什么苦衷，许了什么心愿？

如今可有人告诉他们：这里

猪在大路上游，鸭往猪群里钻，

雄鸡踏翻了芍药，牛吃了菜——

告诉他们太阳落了，牛羊不下山，

一个个的黑影在岗上等着，

四合的峦嶂龙蛇虎豹一般，

它们望一望，打了一个寒噤，

大家低下头来，再也不敢看；

（这也得告诉他们）它们想起往常

暮寒深了，白杨在风里颤，

那时只要站在山头嚷一句，

山路太险了，还有主人来搀；

然后笛声送它们踏进栏门里，

那稻草多么香，屋子多么暖！

它们想到这里，滚下了一滴热泪，

大家挤作一堆，脸偎着脸……

去！去告诉它们主人，告诉他们，

什么都告诉他们，什么也不要瞒！

叫他们回来！叫他们回来！

问他们怎么自己的牲口都不管？

他们不知道牲口是和小儿一样吗？

可怜的畜生它们多么没有胆！

喂！你报信的人也上哪里去了？

快去告诉他们——告诉王家老三，

告诉周大和他们兄弟八个，

告诉临淮关一带的庄稼汉，

还告诉那红脸的铁匠老李，

告诉独眼龙，告诉徐半仙，

告诉黄大娘和满村庄的妇女——

告诉他们这许多的事，一件一件。

叫他们回来，叫他们回来！

这景象是多么古怪多么惨！

天呀！这样的村庄留不住他们；

这样一个桃源，瞧不见人烟！

罪　过

老头儿和担子摔一交，

满地是白杏儿红樱桃。

老头儿爬起来直哆嗦，

　"我知道我今日的罪过！"

　"手破了，老头儿你瞧瞧。"

　"唉！都给压碎了，好樱桃！"

　"老头儿你别是病了罢？

你怎么直楞着不说话？"

　"我知道我今日的罪过，

一早起我儿子直催我。

我儿子躺在床上发狠，

他骂我怎么还不出城。

　"我知道今日个不早了，

没想到一下子睡着了。

这叫我怎么办，怎么办？

回头一家人怎么吃饭？"

老头儿拾起来又掉了，

满地是白杏儿红樱桃。

叫卖歌

朦胧的曲巷群鸦唤不醒，

东方的天上只是一块黄来一块青。

这是谁催少妇上梳妆？——

　　"白兰花！白兰花！"

　　声声落入玻璃窗。

桐荫摊在八尺的高墙底，

"知了"停了，一阵饭香飘到书房里。

忽把孩儿的午梦惊破了——

　　"薄荷糖！薄荷糖！"

　　小锣儿在墙角敲。

市声像沸水在铜壶里响，

半壁无丝是竹帘筛进的淡斜阳。

这是谁遮断先生的读书声？——

"老莲蓬！老莲蓬！"

　　满担清香挑进门。

　　黄昏要拥住全城去安歇，

　　纷飞的蝙蝠仿佛是风催落叶。

　　这时谁将神秘载满老人心？——

　　　　你听啦！你听啦！

　　　　算命瞎子拉胡琴。

洗衣歌

洗衣是美国华侨最普遍的职业，因此留学生常常被人问道："你爸爸是洗衣裳的吗？"

（一件，两件，三件，）

洗衣要洗干净！

（四件，五件，六件，）

熨衣要熨得平！

我洗得净悲哀的湿手帕，

我洗得白罪恶的黑汗衣，

贪心的油腻和欲火的灰，……

你们家里一切的脏东西，

交给我洗，交给我洗。

铜是那样臭，血是那样腥，

脏了的东西你不能不洗，

洗过了的东西还是得脏，

你忍耐的人们理它不理？

　替他们洗！替他们洗！

你说洗衣的买卖太下贱，

肯下贱的只有唐人不成？

你们的牧师他告诉我说：

耶稣的爸爸做木匠出身，

　你信不信？你信不信？

胰子白水耍不出花头来，

洗衣裳原比不上造兵舰。

我也说这有什么大出息——

流一身血汗洗别人的汗？

　你们肯干？你们肯干？

年去年来一滴思乡的泪，

半夜三更一盏洗衣的灯……

下贱不下贱你们不要管，

看哪里不干净哪里不平，

　问支那人，问支那人。

我洗得净悲哀的湿手帕，

我洗得白罪恶的黑汗衣，

贪心的油腻和欲火的灰，

你们家里一切的脏东西，

　交给我——洗，交给我——洗。

　（一件，两件，三件，）

洗衣要洗干净！

　（四件，五件，六件，）

熨衣要熨得平！

闻一多先生的书桌

忽然一切的静物都讲话了，

忽然间书桌上怨声腾沸：

墨盒呻吟道"我渴得要死！"

字典喊雨水渍湿了他的背；

信笺忙叫道弯痛了他的腰；

钢笔说烟灰闭塞了他的嘴，

毛笔讲火柴烧秃了他的须，

铅笔抱怨牙刷压了他的腿，

香炉咕喽着"这些野蛮的书

早晚定规要把你挤倒了！"

大钢表叹息快睡锈了骨头；

"风来了！风来了！"稿纸都叫了；

笔洗说他分明是盛水的，

怎么吃得惯臭辣的雪茄灰；

桌子怨一年洗不上两回澡，

　墨水壶说"我两天给你洗一回。"

"什么主人？谁是我们的主人？"

　一切的静物都同声骂道，

"生活若果是这般的狼狈，

　倒还不如没有生活的好！"

主人咬着烟斗迷迷的笑，

　"一切的众生应该各安其位。

我何曾有意的糟蹋你们，

　秩序不在我的能力之内。"

图书在版编目（ＣＩＰ）数据

太阳吟 ／ 闻一多著． -- 杭州 ：浙江人民美术出版
社，2018.8（2020.9重印）
　（经典悦读）
　ISBN 978-7-5340-6733-4

　Ⅰ．①太… Ⅱ．①闻… Ⅲ．①诗集－中国－现代
Ⅳ．①I226

中国版本图书馆CIP数据核字(2018)第089369号

作　　者　闻一多
插　　图　瞿　澜

责任编辑　许诺安
文字编辑　罗仕通
责任校对　余雅汝
责任印制　陈柏荣

太阳吟（经典悦读）

闻一多　著

出版发行　浙江人民美术出版社
地　　址　杭州市体育场路347号
网　　址　http://mss.zjcb.com
经　　销　全国各地新华书店
制　　版　杭州美虹电脑设计有限公司
印　　刷　三河市兴国印务有限公司
开　　本　635mm×965mm　1/16
印　　张　10.75
字　　数　105千字
版　　次　2018年8月第1版
印　　次　2020年9月第2次印刷
书　　号　ISBN 978-7-5340-6733-4
定　　价　23.80元
如发现印装质量问题，影响阅读，请与承印厂联系调换。